Hundirse o Nadar

Historia de Valerie Coulman

Ilustraciones de Rogé

unaluna

Coulman, Valerie
Húndete o nada/Ilustrado por Rogé - 1a ed. - Buenos Aires: Unaluna, 2006.
32 p.: il.; 27x21 cm.
ISBN 987-1296-01-0
1. Literatura Infantil y Juvenil Canadiense. I. Título
CDD 813.9282

Título Original: Sink or Swim

Traducción: Stella Maris Rozas

ISBN: 987-1296-01-0
ISBN : 978-987-1296-01-9

Distribuidores exclusivos: Editorial Heliasta S.R.L.
Viamonte 1730 – 1er piso (C1055 ABH) Buenos Aires, Argentina
Tel.: (54-11) 4371-5546 – Fax: (54-11) 4375-1659
editorial@heliasta.com.ar – www.heliasta.com.ar

PARA BENTON
Y SU ILIMITADA
IMAGINACIÓN.
TUS HISTORIAS
ME HACEN SONREÍR.
2 PET. 3:18
V.C.

PARA
ZACHARIE
Y
LAURIE-ANNE
R.G.

—¡Hoy hace mucho calor! —Morris se quejaba con Ralph
mientras descansaban bajo la sombra de un árbol—.
Necesitamos encontrar una manera de refrescarnos.

Ralph estaba mirando a una familia
de patos mientras salpicaban en la laguna,
en el sector más lejano de la llanura.
—Podríamos ir a nadar —dijo.

Morris se dio vuelta y lo miró fijo.
—Ralph, nosotros no sabemos cómo nadar.

—Bueno, no, todavía no, no sabemos —Ralph
le contestó—. Pero podríamos aprender.

—Vamos —Ralph se paró de un salto—. Necesitamos
encontrar a alguien que nos pueda enseñar a nadar.

En la laguna, Ralph saludó a la familia de patos que
había estado observando antes.
—¿Podrían enseñarnos a mi amigo y a mí a nadar?
—les preguntó.

Uno de los patitos graznó:

—¡Las vacas
no pueden nadar!

Y los pequeños patitos comenzaron a reír tan fuerte
que se dieron vuelta y les entró agua en sus narices.

Ralph se rió también.
—Bueno, no, las vacas no pueden nadar.
Pero quizás ustedes nos podrían
ayudar a aprender.

Mientras que los patitos murmuraban
y se burlaban, su madre les explicó:
—Nosotros nadamos descansando
nuestra panza en el agua y pataleando
con nuestras patas. Realmente es muy fácil.

Ralph pensó que eso parecía fácil,
así que trató de descansar en el agua
como un pato.

Se hundió como una piedra.

Cuando volvió a aparecer, estaba murmurando tanto como los patitos.

—¡Ves! —le dijo Morris desde la orilla—. Yo no creo que las vacas nacieran para nadar.

—Yo creo que hace falta práctica. —Ralph estornudó.

—Y creo que necesito algo para mantener el agua afuera de mi nariz —parpadeó y agregó—, y de mis ojos.

Ralph fue al negocio de artículos de buceo
en la calle Principal.

—Estoy aprendiendo a nadar pero necesito algo
para mantener el agua fuera de mis ojos
y de mi nariz.

Bob, el propietario, lo miró sorprendido.

—Nunca vino una vaca a pedir antiparras
o tapones para la nariz... probablemente
porque las vacas no nadan.

—Todavía no, no nadan —Ralph
sonrió—. Pero estoy aprendiendo.

—Bueno —Bob buscó por la tienda—, puedes ponerte éstas.

Ralph regresó pronto a la laguna, listo para intentar de nuevo.

Esta vez él le preguntó a una tortuga que estaba flotando cerca:

—Discúlpeme, pero ¿podría enseñarme a nadar?

La tortuga abrió un ojo, luego abrió los dos para mirar fijo
a Ralph.

—Las vacas no nadan.

—Todavía no, no nadan —dijo Ralph—. Pero lo voy a intentar.
¿Cómo haces para nadar?

La tortuga levantó una aleta fuera del agua.

—Yo uso éstas. Ellas me ayudan a empujarme a través del agua cuando nado. Pero tú no tienes aletas. Tú tienes patas. Y la tortuga se hundió dentro del agua fresca y se alejó nadando.

—Ella tiene razón, Ralph —dijo Morris.

De regreso al negocio de artículos de Buceo, Bob le vendió a Ralph las patas de rana más grandes que tenía.

—Probablemente quieras llevarte dos pares.

Morris aguardaba junto a la laguna.

—Quizás esa rana pueda decirnos cómo hace para nadar.

Entonces Ralph le preguntó a la rana y ésta le dijo:

—Yo uso mis patas para empujarme a través del agua.

Pero cuando quiero descansar, floto en una planta

o una rama. Ellas me sostienen.

—¿Flotar? —Ralph pensó en voz alta—.
Si yo pudiera flotar, eso me ayudaría
a nadar, ¿no es cierto?

Y lo intentó una vez...

y otra vez ...

Y otra vez más.

Bob levantó la vista en cuanto Ralph entró en el negocio.

—¿Ya aprendiste a nadar?

—Todavía no. Necesito algo que me ayude a flotar.
La rana usa una planta o una rama,
pero son muy pequeñas para mí.
Cada vez que intentaba
sentarme en ella,
la rama se daba vuelta.

Ralph se sacó el agua
de una oreja mientras
recordaba.

—Hummm... —Bob miró alrededor de la tienda—.
Yo creo que esto puede funcionar.
Y bajó una enorme tabla de surf.
—Esto debería sostenerte sin que se vuelque.

Para el final de la tarde, Ralph era capaz de flotar en su tabla de surf y nadar alrededor de la laguna. Él estaba maravillosamente fresco, estaba esperando a que Morris regresara del negocio de artículos de buceo.

Morris regresó para encontrarse con Ralph que miraba fijamente a su tabla de surf.

—¿Cuán difícil crees que será pararse en la tabla?

—¡Oh, no, Ralph! —dijo Morris—. ¡Las vacas podrán ser capaces de flotar y nadar, pero no de surfear!

Ralph se rió

—¡No, todavía no!

Fin